¡UN DÍA UNA SEÑORA SE TRAGÓ UNA CAMPANA!

por Lucille Colandro
Ilustrado por Jared Lee

SCHOLASTIC INC.

New York   Toronto   London   Auckland   Sydney
Mexico City   New Delhi   Hong Kong   Buenos Aires

A Marietta y Mia, que adoran la Navidad
— L.C.

A Ginger Estepp,
socio dedicado desde hace mucho tiempo
— J.L.

Published in English as *There Was an Old Lady Who Swallowed a Bell!*

No part of this publication may be reproduced, stored in a retrieval system, or transmitted in any form or by any means, electronic, mechanical, photocopying, recording, or otherwise, without written permission of the publisher. For information regarding permission, write to Scholastic Inc., Attention: Permissions Department, 557 Broadway, New York, NY 10012.

ISBN-13: 978-0-545-07859-7
ISBN-10: 0-545-07859-8

12 11 10 9 8 7 6 5 4 3 2 1   08 09 10 11 12 13/0

Printed in the U.S.A.
First Spanish printing, September 2008

Un día una señora se tragó una <u>campana</u>.
Se tragó una campana ese día por <u>la mañana.</u>
Pero no sé por qué se tragó una <u>campana.</u>
Quería saberlo y me quedé con <u>las ganas.</u>

Un día una señora se tragó doce lazos.
Se tragó doce lazos sin mover los brazos.

Se tragó los lazos para atarlos a la campana.
La campana que se tragó un día por la mañana.

Pero no sé por qué se tragó una campana.
Quería saberlo y me quedé con las ganas.

Un día una señora se tragó unos regalos.
Algunos muy buenos y otros muy malos.

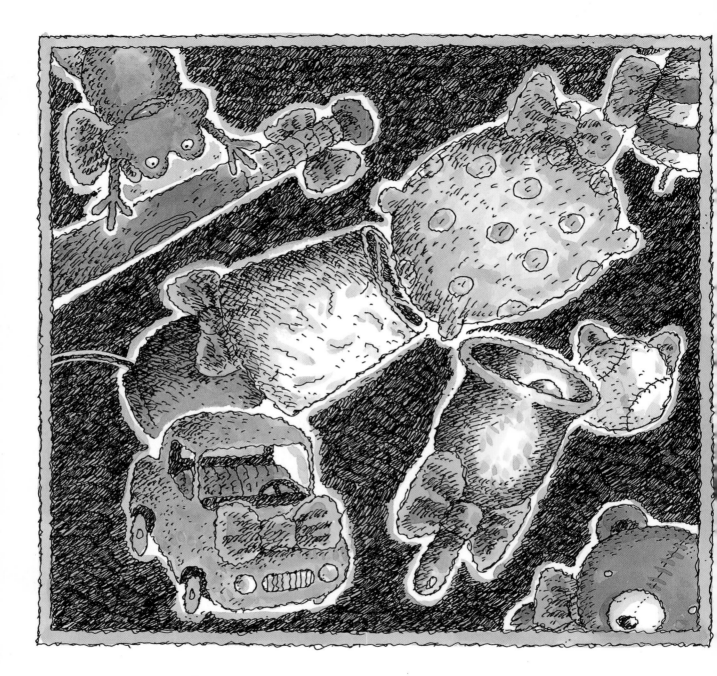

Se tragó los regalos para ponerles los lazos.
Se tragó los lazos para atarlos a la campana.
La campana que se tragó un día por la mañana.
Pero no sé por qué se tragó una campana.
Quería saberlo y me quedé con las ganas.

Un día una señora se tragó un saco marrón.
Parecía muy fácil pero le costó un montón.

Se tragó el saco para meter los regalos.
Se tragó los regalos para ponerles los lazos.

Se tragó los lazos para atarlos a la campana.
La campana que se tragó un día por la mañana.
Pero no sé por qué se tragó una campana.
Quería saberlo y me quedé con las ganas.

Un día una señora se tragó un trineo rojo.
Abrió mucho la boca y cerró los ojos.

Se tragó el trineo para poner el saco.

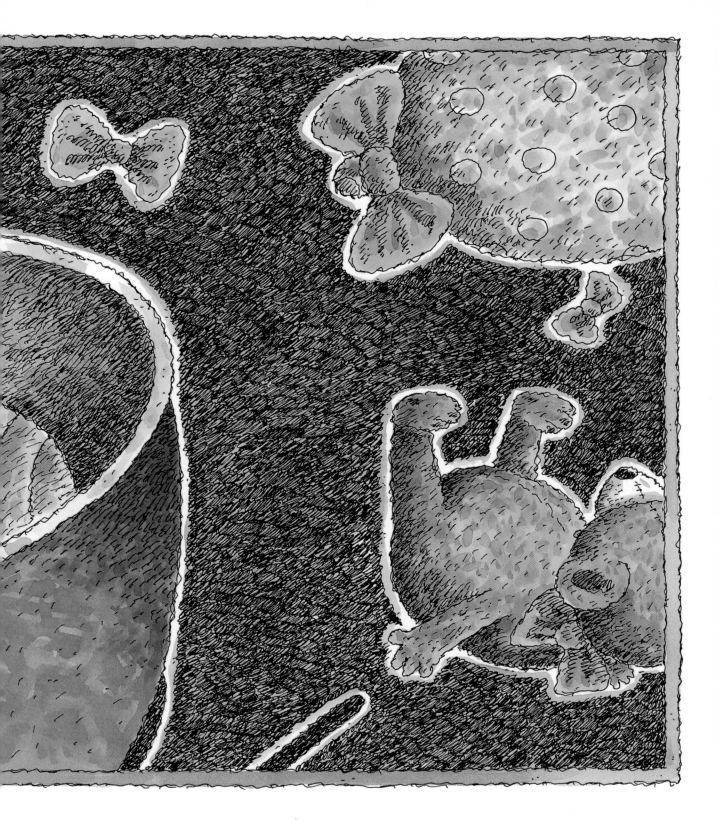

Se tragó el saco para meter los regalos.

Se tragó los regalos para ponerles los lazos.
Se tragó los lazos para atarlos a la campana.
La campana que se tragó un día por la mañana.

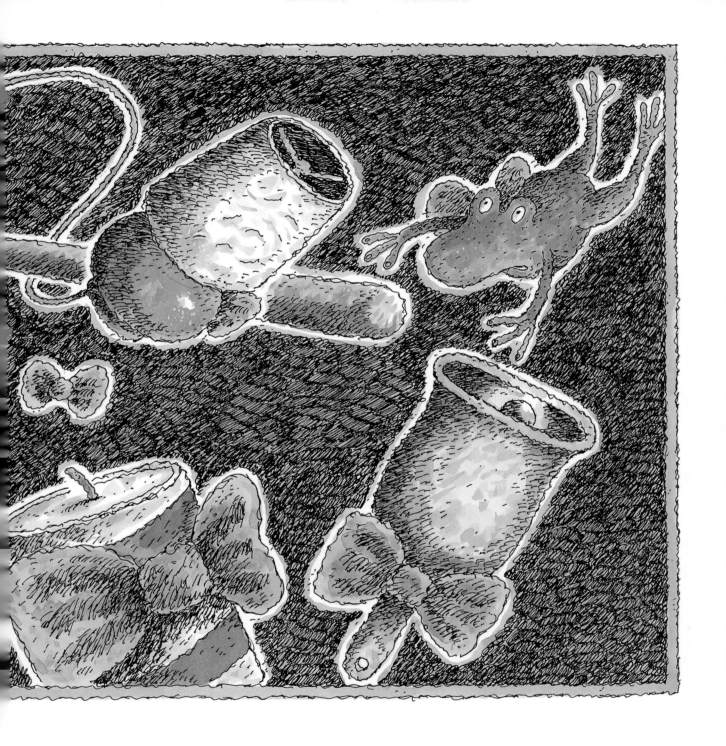

Pero no sé por qué se tragó una campana.
Quería saberlo y me quedé con las ganas.

Un día una señora se tragó unos renos vestidos
con bufandas, gorros y gruesos abrigos.

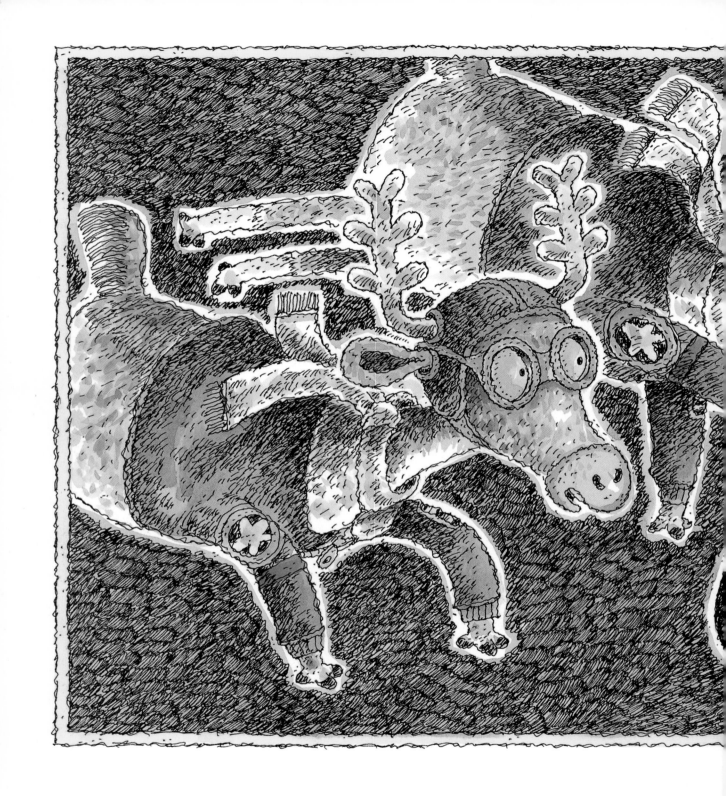

Se tragó los renos para llevar el trineo.

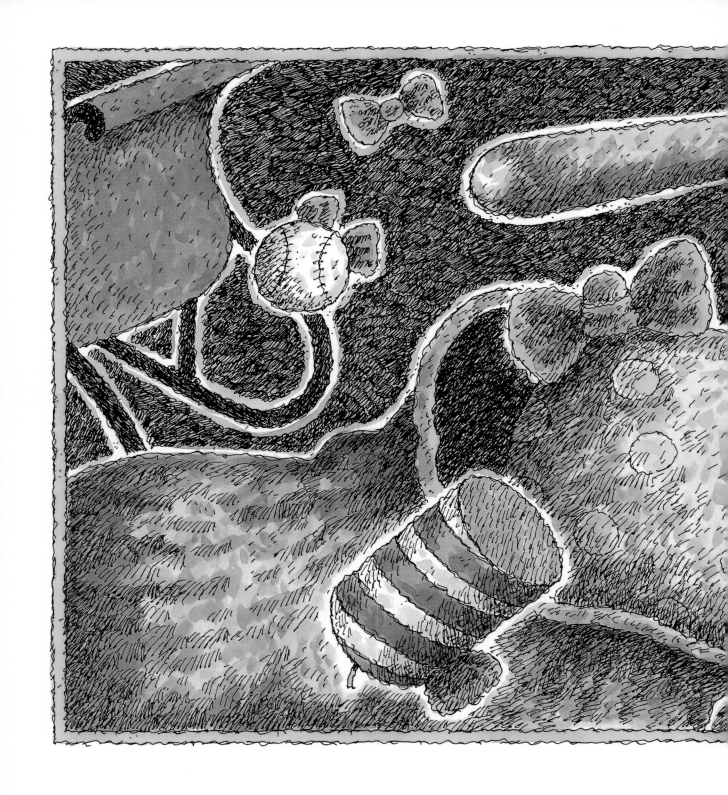

Se tragó el trineo para poner el saco.

Se tragó el saco para meter los regalos.

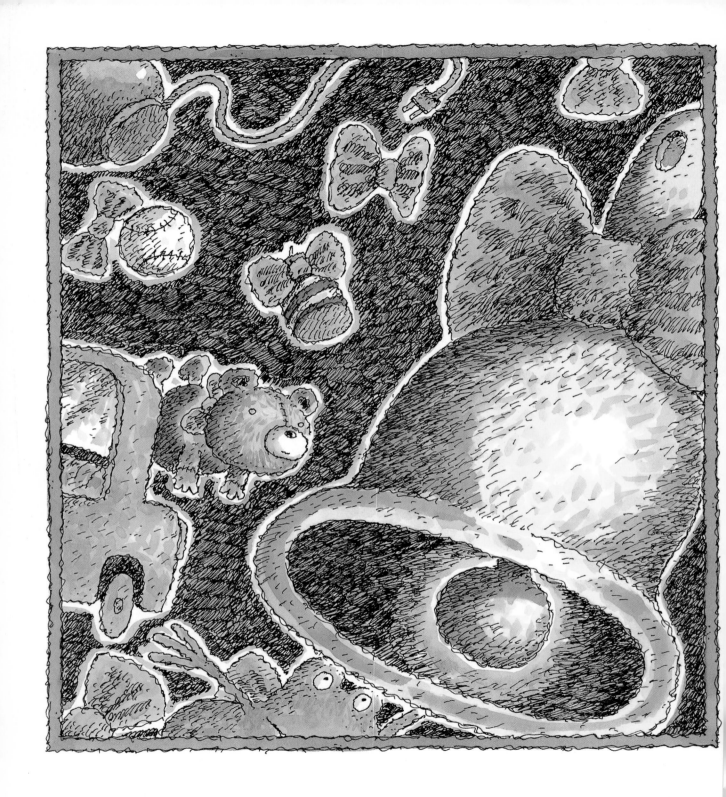

Se tragó los regalos para ponerles los lazos.

Se tragó los lazos para atarlos a la campana.
La campana que se tragó un día por la mañana.
Pero no sé por qué se tragó una campana.
Quería saberlo y me quedé con las ganas.

Un día una señora quería un caramelo.
Y empezó a pensar en dónde comerlo.

De repente oyó a alguien reír.
Y sabía que era la hora de partir.

Así que silbó y, justo a su lado . . .

apareció Santa Claus ya preparado.

¡Felices fiestas te deseamos!